解忧点心店

让人说话有趣的彩虹糕

[韩]金梩里 著 [韩]李承炫 绘 海棠 译

中信出版集团 | 北京

图书在版编目（CIP）数据

解忧点心店．让人说话有趣的彩虹糕 /（韩）金梩里著；（韩）李承炫绘；海棠译．-- 北京：中信出版社，2022.6（2022.7 重印）
ISBN 978-7-5217-4121-6

Ⅰ．①解… Ⅱ．①金… ②李… ③海… Ⅲ．①儿童故事—图画故事—韩国—现代 Ⅳ．① I312.685

中国版本图书馆 CIP 数据核字（2022）第 040676 号

解忧点心店：让人说话有趣的彩虹糕

著　　者：［韩］金梩里
绘　　者：［韩］李承炫
译　　者：海棠
出版发行：中信出版集团股份有限公司
（北京市朝阳区惠新东街甲 4 号富盛大厦 2 座　邮编　100029）
承 印 者：北京中科印刷有限公司

开　　本：880mm × 1230mm　1/32　　印　　张：7.5　　字　　数：100 千字
版　　次：2022 年 6 月第 1 版　　印　　次：2022 年 7 月第 2 次印刷
京权图字：01-2021-7300
书　　号：ISBN 978-7-5217-4121-6
定　　价：62.00 元（全 3 册）

服务热线：400-600-8099
投稿邮箱：author@citicpub.com

可以带来改变的，

其实是我们自己。

解忧点心店

万福动不动就和同学打架，被同学们称为脏话鬼、小霸王、捣蛋鬼。他总是独自坐在最后一排，因为没有人愿意跟万福做同桌。

一天，老师让新转学来的恩智坐在万福的旁边。恩智长得很可爱，只是个子矮矮的。万福觉得恩智看起来还挺顺眼的。

“你好，很高兴认识你，以后我们好好做同桌吧。”

这是万福想的开场白，可不想嘴巴不听使唤，竟然脱口而出：

“你这个小矮个儿，长得好奇怪哟。”

说完，连万福自己都吓了一跳，他赶紧闭嘴不再吱声。可是，恩智早就找老师告状去了。只见恩智的眼里掉着豆大的泪珠，呜咽着说不想跟万福做同桌。老师也没办法，只好给恩智重新安排座位。这一场闹剧下来，万福还是没有同桌。

午饭时间，大家按组打饭，从一组开始，顺次往下。万福在三组，但今天他早早地就跑去排队了。这可惹怒了排在他身后的将军，将军大喊道：

“金万福，你不在三组吗？干吗这会儿就跑来插队？”

万福扫了四周一眼，这才发现还没轮到三组，于是想径直回到座位上。但就在跟将军四目相对的瞬间，连万福自己都没反应过来，突然冒出一句：

“闪开，你这个胖子！”

结果两人扭打在一起，直到老师跑来劝架才把他们分开。

下课后，老师喊住了万福。

“万福，你怎么单挑带刺的话说呢？这样下去，同学们都要不喜欢你了。老师希望你以后好好说话。”

老师很担忧万福，语重心长地说道。

“老师，我也不知道我到底怎么了……”

万福本想敞开心扉，跟老师聊聊心中的苦闷，却不想话到嘴边，说出来完全变了味儿。

“真是烦死了！为什么老师总是批评我？”

万福惊慌失措，连忙用手捂住嘴，但是已经来不及了。

老师气得眉毛拧成一团，大声吼道：

“金万福，下周叫你家长过来！”

万福拖着沉重的步子往家走，路上一直踢无辜的鞋袋子。

身为富家独生子的万福，是很多孩子羡慕的对象，从小要什么有什么，集父母的宠爱于一身。不仅如此，万福也是他们这个大家族里唯一的孩子，还享受着七大姑八大姨的宠爱。万福长相帅气，头脑灵活，虽然现在才上三年级，但他能轻松地做出中学数学难题。就像名字“万福”一样，他天生就很有福气。

当然，除了说话伤人这一点。

万福曾经嘲笑将军是“不会学习的笨蛋”，结果被痛扁一顿。明明很喜欢超然，但万福张口却说“就知道逞能，一身公主病”，结果导致超然再也不跟万福说话了。现在，如果问超然谁是这个世界上最讨厌的人，超然肯定会不假思索地说：“万福！”

万福没有玩伴，而且只要万福一出现在同学们当中，大家就避之不及，立马各回各位。万福十分苦恼，实在想不明白为什么自己总是出口伤人。

同样，万福的父母也为此一筹莫展。

他们对万福可谓“捧在手里怕摔了，含在嘴里怕化了”。儿子因说话伤人而交不到朋友，背

后还被人指指点点，这一切他们都看在眼里，急在心里。他们遍访全国的名医，只要能医好万福这个毛病，他们愿意付出一切代价。但即使享誉全国的名医，仍无计可施。

就在万福走到胡同拐弯处的时候，一家新开的点心店映入他眼帘，似乎昨天没见有这家店啊。点心店的招牌用大字写着“万福点心店”。万福本来就很喜欢吃点心，再加上店的名字又跟自己的名字一样，一下子就引起了万福的好奇心。他翻了翻口袋，里面装着爸爸给的一周的零花钱。今天午饭时间光顾着跟将军打架了，连饭都没好好吃，这会儿肚子正饿得咕咕叫呢。

万福毫不犹豫地推开了点心店的大门，大步流星地走了进去。置身店里，一股香甜的味道袭来，冲得他鼻尖有些痒。万福情不自禁地嗅了嗅，吞下一口口水。奇怪的是一直没见到人影，既没看到店主，也没看到其他客人，所谓的客人就只有万福一个。

“阿姨、叔叔，有人在吗？”

万福喊了好几声，都没人回应。于是，万福打

万福点心店

算好好看看陈列柜，先饱饱眼福，顺便等着主人出现。

店里有很多木制的年糕篮，里面装满了各种年糕，让人垂涎欲滴。咦？每个年糕篮上还都贴着纸条！

让人不能说话的安静糕

让人笑个不停的爱笑糕

让人嘴巴变甜的蜂蜜糕

让人说话有趣的彩虹糕

让人说话有趣的彩虹糕
让人笑个不停的
让人心情轻松的白米糕
让
让人心情轻松的白米糕
声的顺耳糕

让人嘴巴变甜的蜂蜜糕
让人长寿的长条糕
让人不能说话的安静糕

能听到别人心声的顺耳糕

让人心情轻松的白米糕

让人长寿的长条糕

万福一一看了年糕篮上贴的纸条，惊讶得合不上嘴。他想，如果年糕真有纸条上写的功效，那让爸爸妈妈买下所有的年糕不就得了。

但这没法实现，因为纸条下方的售价标签让万福打消了这一念头。

让人不能说话的安静糕

售价：一件好事

让人笑个不停的爱笑糕

售价：两件好事

让人嘴巴变甜的蜂蜜糕

售价：同学们的 9 个微笑

让人说话有趣的彩虹糕

售价：同学们的 20 个微笑

能听到别人心声的顺耳糕

售价：同学们的 42 个微笑

让人心情轻松的白米糕

售价：同学们的 5999 个微笑

让人长寿的长条糕

售价：同学们的 10000 个微笑

一直不见主人的身影。万福心想，虽然无法直接向主人问清楚，不过按售价标签的提示，要买安静糕或者爱笑糕的话，需要先做好事才行；但是买其他年糕需要同学们的微笑，这他就搞不懂到底是什么意思了。

万福绞尽脑汁仔细回想做过的好事。

可是不管怎么使劲想，竟然一件都没想起来，但这并不是万福的问题。在家里，万福像小皇帝一样被爸爸妈妈伺候，一直过着衣来伸手、饭来张口的日子。爸爸妈妈如果遇到自己办不成的事，就请爷爷奶奶帮忙，还不行的话，就找叔叔、姑姑等亲戚解决。所以万福根本就没有机会做好事。长这么大，甭说给别人跑腿了，他连自己的房间都没打扫过。当然，收拾玩具、整理书本这样的事，也从没做过。

“店主人又不在，反正也没人知道我做没做过好事，偷偷吃一个好了。”

万福伸手拿了一个最想吃的顺耳糕，他把软软的、热乎乎的年糕握在手里。如果能知道别人在想什么，那真是太有趣了。

万福非常想知道老师在想什么，同学们都喜欢谁。要说最想知道的，那当然还是超然的心思啦。万福很好奇超然喜欢谁。可是，他眼前发生了不可思议的一幕：万福从年糕篮里拿出顺耳糕的一刹那，顺耳糕突然消失不见了。这真是见鬼了！难道其他的年糕也这样吗？万福一一试起来。奇怪的是万福一从篮子里拿出热乎乎的年糕，年糕就像空气似的消失了，但是再定睛一看，年糕仍完好无损地摆在篮子里。

万福心想，这哪里是实实在在卖年糕，分明是耍把戏嘛。万福感觉自己上当了，他觉得很委屈，也很生气，正想踢门出去，就在抬腿踢门的瞬间，肚子又咕咕地叫起来。

与此同时，万福突然想起自己做的一件好事。一次，在学校上手工课的时候，万福把橡皮泥揪下一半分给了同学。这可不是老师让万福做的，是万福自己主动做的。

遗憾的是，除了这一件，万福实在想不出还做过什么好事了。幸好他现在能买一个安静糕。

于是万福转身，再次进到店里面，伸手拿起安静糕。软软的、热乎乎的安静糕被他拿在了手里，神奇的是这次安静糕没有消失！万福高兴极了，赶紧咬了一口。软软的、糯糯的安静糕咬在嘴里香甜可口，足足比以前吃的年糕要好吃一百倍。他从没吃过这么好吃的年糕！

“我的乖孙子万福，今天在学校表现怎么样？”

一进门，奶奶就跑来问。但是万福的嘴巴被粘得牢牢的，一个字都说不出来。

“哎呀，看来乖孙子累得不想说话了。赶紧回房间，好好休息吧。”

万福没法说话，只好点了点头。幸运的是，奶奶并没有察觉出哪里不对劲，见惯了每天一进门开口就是脏话的万福，反倒是万福今天的表现让奶奶放心。

万福的生活并没有受到不能开口说话的影响。想要的就点点头，不想要的就摇摇头，万福总能把信号准确地传递给爷爷奶奶、爸爸妈妈。

第二天到学校后，万福一进教室，就听到有人喊：

“脏话鬼万福来了。”

如果换作平时，万福早就骂出一连串脏话了。但是现在他嘴巴粘住了，什么话都说不出来。万福静静地走到自己的座位坐好。

“天哪！今天万福很不正常，刚刚怎么没还嘴？”

同学们盯着万福议论道。

但是万福的嘴巴还是闭得紧紧的，自然也没有发生和同学打架的事。自从上学以来，这还是头一回。一整天，万福都很开心。

万福还想尝一尝蜂蜜糕。他心想，如果自己说话讨人喜欢，说不定那些讨厌他的同学也会喜欢他了呢。可是蜂蜜糕的售价是同学们的 9 个微笑，万福实在没有想出获得 9 个微笑的方法。遗憾之余，他决定这次尝尝只需要做两件好事就能吃到的爱笑糕。

那怎么做好事呢？课间休息时，万福围着教室转圈。他想，这样也许能遇到需要帮助的同学，过去搭把手不就行了。可是同学们都以为万福又想惹事，所以迎面看到万福时，就都悄悄地逃回了自己的位子。看到这一切，万福自然也泄气了，便想回到座位上。看来做好事没那么容易呀。

昨天转学来的恩智翻了一下书包，无奈地叹了一口气，碰巧被万福看到了。下节课是音乐课，音乐老师每次课上都会让大家带一样乐器来演奏，而恩智的桌子上什么也没有。显然，恩智不知道有这个规定。正好今天万福准备了竖笛和铃鼓，于是他拿起铃鼓悄悄地递到恩智面前。

“这是什么？”

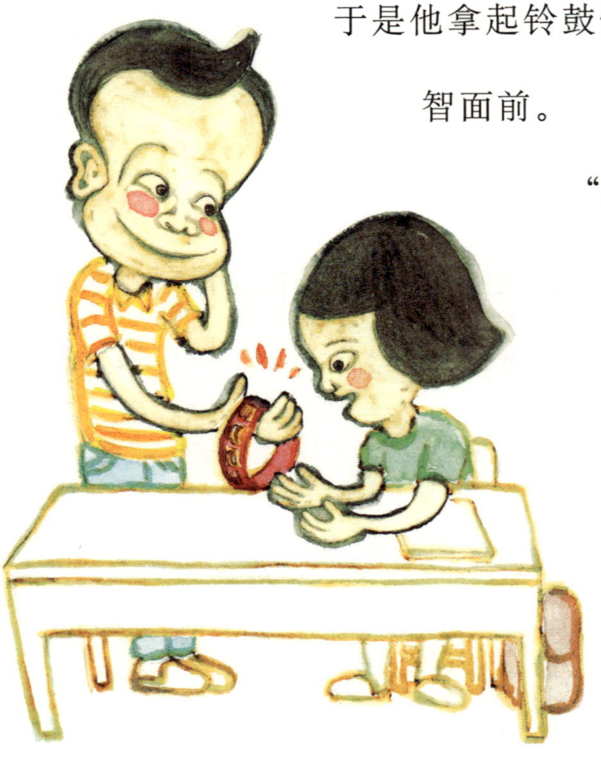

恩智问了一声，可是万福的嘴巴紧紧地粘在一起，没法开口说话。

“要借给我这个？”

恩智又问了一遍，万福只是点了点头。

午饭时间，调皮的东焕把手弄流血了。万福想起书包里有妈妈放的备用创可贴，于是赶紧拿出来，送到东焕手里。东焕歪着头打量万福。万福什么也

没说，默默地回到了自己座位上。

那天放学后，万福又跑去了万福点心店，并且如愿吃到了爱笑糕。爱笑糕一放进嘴里，嘴里就发出嗡嗡的口哨声。万福顿时觉得肚子里痒痒的，情不自禁地笑了。万福笑嘻嘻地回家了。

“万福回家了呀。”

妈妈跑来迎接万福，万福冲着妈妈微微一笑。

“我们家万福笑起来太帅了！”

平时，万福一进门就是一脸的不耐烦，今天竟然笑呵呵的。这让妈妈很开心。

第二天，万福到学校后，一到教室门口就听到有人喊：

“小霸王万福来了。”

要是换作平时，万福的拳头早就挥出去了。可是这次万福没理会，而是笑嘻嘻地走进教室。大家见惯了万福“凶神恶煞”的样子，看到今天万福竟然笑脸相迎，觉得很奇怪。

“万福是不是哪里不舒服？”

“咦？好奇怪呀！听说他昨天还给了东焕一个创可贴呢。”

“说不定又要挑衅惹事吧？”

同学们三三两两地议论着。

但有的同学看到万福一直微笑着，自然也开心起来。

“看来万福今天心情不错。”

“万福笑，我也想笑。”

同学们看着万福，都哈哈地笑起来。万福这才明白蜂蜜糕的售价是什么意思——就是让同学们哈哈大笑！

那天，即使受到同学们的嘲弄，万福也照样微笑。课上，他冲着老师微笑。回家的路上，他对着偶遇的小狗微笑。

万福又去了万福点心店，这次终于可以吃到梦寐以求的蜂蜜糕了。他连忙咬了一口，瞬间香甜的蜂蜜味传遍味蕾。这是以前吃的任何一种蜂蜜糕都无法比拟的。

一回家，万福就笑呵呵地大声说：

“我回来啦！”

看到万福主动笑着打招呼，爸爸妈妈、爷爷奶奶都吓了一跳。这之前可从来没见过万福先打招呼。

“嗯，万福能够主动打招呼真让人高兴呀。今天学习累坏了吧？”

妈妈像往常一样，正要帮万福摘书包。

“妈妈，我不累。倒是妈妈辛苦了一天，让我自己拿就行了。以前我没少让您操心，以后我会做一

个懂事的好孩子。”

听了万福的话，爸爸妈妈、爷爷奶奶激动得都快流眼泪了。万福总说脏话，这是他们的心头病，一直为此挠头不已，今天终于看到万福懂事了。

第二天，万福到学校后，不知是谁大喊了一声：

“捣蛋鬼万福来了！”

万福没有生气，而是笑呵呵地把同学们夸了一番。

他称赞恩智“原来你的眼睛长得这么漂亮”，跟东焕说“啊，你画画儿这么好看”，

走到偷偷喜欢的超然身边说“你又聪明，又好看”。大家听了之后，刚开始都愣住了，毕竟这是第一次听到万福夸人。缓过神来后，大家都不好意思地哈哈大笑起来。受到称赞的同学都对万福回以微笑，万福的心情变得更好了。他想这下可以买彩虹糕吃了，心里别提有多高兴了。

一放学，万福就直接奔向万福点心店。他拿起彩虹糕，一口吞了下去。瞬间，一股独特

的清香溢满舌尖，这个味道跟前两天吃的年糕很不一样。吃了彩虹糕后，万福的脑海里总闪现各种各样有趣的故事，他迫不及待地想讲给别人听，嘴巴痒痒得厉害。

第二天，万福一到学校，不知是谁喊了一声：

“万福来啦！”

同学们都挤到万福的座位周围。万福把脑海里浮现的故事一一讲给大家，从经典的历史故事到不可思议的猜谜故事，再到可怕的冒险故事。只要万福一开口，有趣的故事就源源不断地涌出来。同学们沉浸在听故事的乐趣当中，都不知道时间悄悄地溜走了。

万福成了大家的开心果。

放学后，万福又去了万福点心店。这次可以吃到美味的顺耳糕了。

万福吃了顺耳糕以后，耳朵痒痒得厉害，神奇的是，他能听到很多不可思议的声音。这种感觉就像有人在他耳边窃窃私语一样。现在万福能听到路

上来往的人心里在说什么，还能知道翻垃圾的流浪狗在想什么。

“唉，饿死了。最近怎么总找不到吃的？”

万福把妈妈给他打包的火腿面包扔给了流浪狗。本来这是准备在补习班吃的零食，但是看到流浪狗饿肚子的可怜样，万福实在不忍心袖手旁观。流浪狗跑过来，飞快地接住了火腿面包。

“啊，太好吃了！真是感谢这个孩子呀。”

耳边传来流浪狗的心声，万福开心地笑了。

第二天，万福偷听到了同学们的小秘密。经过东焕身边的时候，他知道了东焕的小心思。

“哎呀，天哪！为什么今天老放屁？哦，对了，早上红薯吃多了。哎哟哟，又要放了。噗……”

万福捂着鼻子，嘻嘻地偷笑起来，结果被东焕觉察到了。

“啊，不会被万福发现了吧？他这张大嘴，肯定得传得沸沸扬扬的。这下该怎么办……”

万福努力地忍住想“昭告天下”的欲望。这要换作平时，他早就嚷嚷起“放屁大王东焕”，弄得众人皆知了。但是这一次他知道东焕有多窘迫，所

以想四处宣扬的心思就消失了。不仅如此，万福还知道了钟浩和智贤互相喜欢对方，还知道了打碎教室后面镜子的“凶手”。经过“凶手”身边时，万福听到了得意扬扬的声音：“没人知道镜子是我打碎的。哈哈，太幸运了！”

经过恩智身边的时候，他知道了恩智的小想法。

“同学们好像讨厌我，都没人跟我说话……要是能和同学们打成一片该多好哇。”

得知恩智的担忧后，万福不想置之不理。于是他主动和恩智搭话。

万福经过老师身边的时候，也知道了老师的烦恼。

“今天要是像平常一样穿裤子来就好了。可为什么偏偏今天穿裙子呢？今天妆化得还特别奇怪……晚上的约会怎么办？”

万福悄悄地走到老师身边，轻声说：“老师平时穿裤子很好看，但是

裙子更适合您，您今天看上去格外漂亮。”

老师的心情一下子明朗起来，朝万福开心地笑了笑。

“万福最近变得懂事多了。上周还想让他爸妈过来一趟的，依现在看，都不用请家长了。”

万福的耳边又传来老师的心声。

经过超然身边的时候，万福听到：

“以前真的很讨厌万福，不过最近喜欢上万福了……万福也喜欢我吗？”

听到这，万福开心得想要飞到天上去。

“超然，我也喜欢你。”

为了防止其他同学听到，万福压低声音说。

听了万福的话，超然的脸红得像个红苹果。

经过将军身边的时候，他听到：

“我怎么学习这么差？这次考试又考砸了，回家又要挨爸爸妈妈批评了……我要是个学霸该多好，不但不会挨批，还每天受宠爱……”

万福听到后，很诚心地想帮一下将军。

“将军，要不我来帮你？”

万福问道。

“你？帮什么？”

将军瞪着眼，恶狠狠地看着万福。

“我来辅导你学习，让你下次考个好成绩。”

话音刚落，将军的拳头就挥了过来。

“你想找死吗？谁让你在这儿显摆的？”

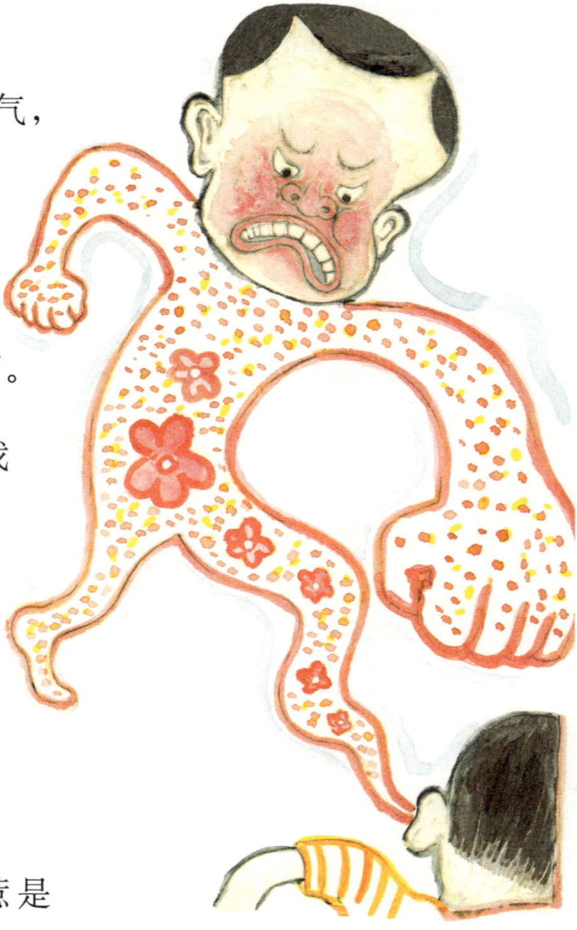

万福非常生气，紧紧攥着拳头，可是耳边再次传来将军的心声。

“哎呀，我也只是想吓唬吓唬他而已……万福该多疼啊。我怎么每天净干些惹是生非的事儿。我真是一个坏孩子。”

万福紧握的拳头松了下来，得知将军的真实想法后，那份恼怒早已烟消云散了。

那天走到胡同拐角的时候，点心店还在，不过似乎哪里看上去不一样了。店的招牌用大字写着“将军点心店”。万福咧嘴呵呵一笑，径直往前走了过去。

新别墅
将军点心店

将军觉得自己是个没福气的孩子。好吃的被弟弟抢，玩陀螺会甩飞，上个厕所就便秘，晚上害怕得睡不好觉，一出门还踩到狗屎，连学校的马桶都跟他过不去，坏了滋滋往外冒水……

“我怎么就没有一件顺心事呢？”干什么都不顺心，将军愈发对周围和自己生气，慢慢形成了否定型性格，自尊越来越低，一言不合就跟同学打架。

一天，“将军点心店”出现了。

里面有“让人心情变好的幸福糕”“有效提升注意力的红豆糕”……但想要吃到它们需要将军“支付”特别的东西。

（想知道将军的故事吗？请阅读《解忧点心店：让人心情变好的幸福糕》。）

涂色画

请用彩铅给下面的图画涂上颜色，可以自由发挥哟！

涂色画

请用彩铅给下面的图画涂上颜色，可以自由发挥哟！

解忧点心店

让人心情变好的幸福糕

[韩]金梩里 著 [韩]李承炫 绘 海棠 译

中信出版集团 | 北京

图书在版编目（CIP）数据

解忧点心店 . 让人心情变好的幸福糕 /（韩）金梩里著；（韩）李承炫绘；海棠译 . -- 北京：中信出版社，2022.6（2022.7 重印）

ISBN 978-7-5217-4121-6

Ⅰ . ①解… Ⅱ . ①金… ②李… ③海… Ⅲ . ①儿童故事—图画故事—韩国—现代 Ⅳ . ① I312.685

中国版本图书馆 CIP 数据核字（2022）第 040683 号

解忧点心店：让人心情变好的幸福糕

著　　者：[韩] 金梩里
绘　　者：[韩] 李承炫
译　　者：海棠
出版发行：中信出版集团股份有限公司
（北京市朝阳区惠新东街甲 4 号富盛大厦 2 座　邮编　100029）
承 印 者：北京中科印刷有限公司

开　　本：880mm × 1230mm　1/32　　印　　张：7.5　　字　　数：100 千字
版　　次：2022 年 6 月第 1 版　　印　　次：2022 年 7 月第 2 次印刷
京权图字：01–2021–7300
书　　号：ISBN 978-7-5217-4121-6
定　　价：62.00 元（全 3 册）

向别人承认错误并道歉需要很大的勇气，

不过，别犹豫，勇敢去做吧。

解忧点心店

将军一点儿福气都没有。福气有很多种，最大的福气莫过于能吃、能拉、能睡、会玩的福气。可是将军没有好口福，好吃的全让弟弟抢去了，也没有能拉的福气，每天受便秘折磨。不仅如此，他也没有能睡的福气，经常晚上害怕得睡不着觉。如果他跟朋友比赛抽陀螺，陀螺总是会跑到奇怪的地方，所以将军也没有会玩的福气。

那天就是这样。

将军晚上很害怕，翻来覆去地睡不着，一直到凌晨才入睡。结果早上又因为便秘，蹲厕所里出不来了。吭吭唧唧地折腾一个小时后，就到上学时间了。将军只好提上裤子，慌忙地从洗手间出来。碰巧那天的餐桌上摆着一碟将军喜欢吃的烤肉。于是，将军赶紧坐到桌前。

“哥哥，又要迟到了！”弟弟元帅往嘴里塞了一大口烤肉，一边吧唧吧唧地嚼着肉，一边用嫌弃的语气说。

听了元帅的话，爸爸一副恨铁不成钢的样子，怒视着将军。

“都到上学的点了，哪还有时间吃饭？”

“烤肉晚上再吃，赶紧去上学！”妈妈拿给将军一块干巴巴的面包片，使劲推着他的后背。

没办法，将军只好用嘴叼着难吃的面包，缓缓地走出家门。他每嚼一口面包，就越想吃让人垂涎欲滴的烤肉。

将军在岔路口停下来，偏偏那会儿一只鸽子的便便掉在他额头上。

“哎呀，脏死了。”

将军连忙后退一步，不想又踩到了狗屎。真倒霉，今天他连喝口凉水都塞牙。

“唉，烦死了！”

将军很生气，慌忙跑到旁边的花园里，想擦掉鞋上的狗屎。

“小屁孩儿，竟敢踩花？”

保安叔叔生气地大吼。

“我没有踩花。还有，我不是小屁孩儿！”

将军为自己大声辩解道。

“你这个坏小子，还敢跟大人顶嘴？！”

突然，保安叔叔冲了过来。将军火力全开，拼命逃跑。

倒霉的事情接踵而至。将军从考试前一周开始就一直努力学习。爸爸妈妈吓唬将军说，如果这次也考砸了，就减少他的零花钱。可是，就在马上要开考的时候，将军的肚子又疼得受不了了。

“老师，我可以去趟厕所吗？”

将军捂着肚子说。

“早干吗去了，怎么这会儿才想起来上厕所？”

“我也不知道这会儿会肚子疼啊！”

将军埋怨道。

“考试马上就开始了，快去快回。”

老师的话音刚落，将军就拔腿跑向洗手间。洗手间的入口处挂着卫生纸，将军扯了一节后纸就断了。他看了看卫生纸卷，原来是没有纸了。将军拿着巴掌大的一节纸，无奈地叹了一口气。可是将军肚子疼得受不了，他只好攥着这节卫生纸，走进了第一个格子间。将军掀开外表看着完好的马桶盖，突然“啊”地大吼了一声。马桶里有一坨蟒蛇一样的便便！

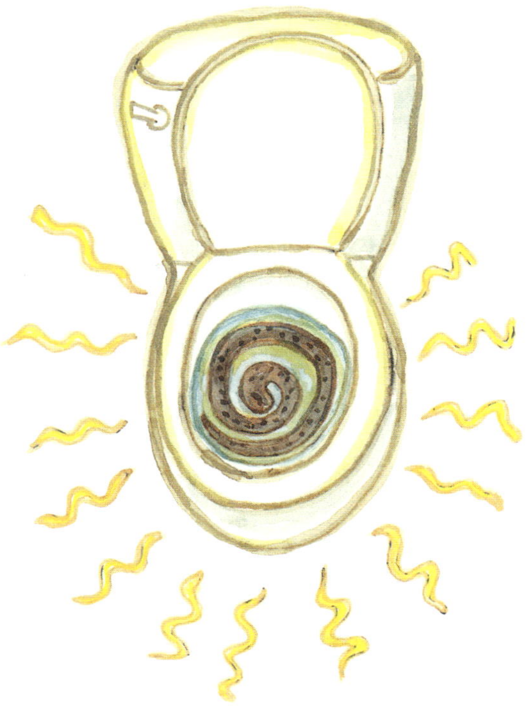

“天哪，脏死了！”

将军捂着鼻子跑出来，打开了第二个格子间的门。跟刚刚一样，马桶盖完好地扣在马桶上。第三个格子间也如此，但将军已经没有勇气掀开马桶盖了。他害怕再次看到蛇形便便。

“哼，你以为我还会上当吗？”

将军没有掀开马桶盖，而是使劲地按冲水按钮。马桶发出呼噜噜、呼噜噜的声响，接着，恶心的粪水沿着马桶盖哗哗地溢了出来。

“啊！”

将军惨叫一声，着急忙慌地跑出厕所。

“学校的厕所真是太讨厌了！”

将军嘟囔着走过长长的楼道，又下了几十级台阶。他避开学校的保安爷爷，从后门偷偷地溜出去，

径直往家里跑去。

幸运的是爸爸去公司了，妈妈带着元帅去幼儿园了，家里一个人都没有。

噗噗……

将军家的洗手间堪比宫殿里的，非常干净整洁，他在里面舒畅地办完了“大事”。但是一上完厕所，将军的另一件烦心事又来了。

“啊，对了，考试！”

将军一跑出玄关就按了电梯按钮。不巧的是，偏偏这会儿电梯亮起红灯，显示“修理中”。将军家可在19层啊！

“啊，简直疯了！”

将军嘟嘟囔囔地开始下楼梯。下了一层又一层，楼梯似乎没有尽头……将军好像经过楼梯地狱一样，费了九牛二虎之力才到了一层。之后他经过三个路口到达学校，再次避开保安爷爷的视线才跑回教室。

一进教室，将军就看到同学们一个个都低着头，在认真考试。往返家一趟，这时考试时间已经过半。将军觉得两眼发黑。

“吆喝着说去厕所，这是去哪儿了，回来得这么晚？”

老师生气地质问道。

将军犹豫着怎么回答老师，因为说实话肯定会挨批。偏偏不巧的是，这会儿不知谁喊了一句：

“老师，看来将军是回家拉的屎。”

“从现在开始，将军就是大便将军了！”

同学们哄堂大笑。

大便将军
大便将军
大便将军

“胡说什么，你们不大便吗？”

将军怒视着班里的同学，但是同学们还是对他指指点点。

“安静！将军赶紧回座位上安心考试。”

老师连忙敲了敲讲桌，同学们这才安静下来。将军一路嘀咕着回到座位。但是考试彻底完蛋了。本来考砸了就够心烦的，将军还要忍受班里同学的嘲笑。每次将军路过的时候，同学们就起哄：

“大便将军驾到，快给将军让路！”

“是不是想尝尝拳头的滋味？”

看到将军紧握双拳，同学们连忙哈哈大笑着四散而逃。

“我来辅导你学习，让你下次考个好成绩。”

将军正在气头上呢，又碰上万福跑来逞能。万福是富家独生子，学习好，长得也帅，只是以前一开口就骂人，招致同学们厌烦。

可是不知从哪天开始，万福突然懂事了，变得很有人气。将军更加讨厌拥有一切又受同学欢迎的万福。

“你想找死吗？谁让你在这儿显摆的？”

将军说着挥出了拳头，连他自己都没反应过来。

同学们齐刷刷地跑去告诉老师。那天放学后，将军被留在学校写检讨。

“我怎么就没有一件顺心事呢？”

将军默默地流着泪，无精打采地往家走。

这个世界上的孩子都会带着各自的福袋降生。当然这个袋子是肉眼看不到的。能吃能拉的福气、会玩能睡的福气、和朋友好好相处的福气、学习好的福气、擅长运动的福气、能说会道的福气、好性格的福气……福袋里装满了各种各样的福气。就算没有福气，也会有一技之长。

然而将军的福袋好像是一个例外，里面空空如也。但这不是将军的错。都说孩子出生的时候，三神奶奶会往福袋里装入福气果子，可三神奶奶似乎给了将军一个空的福袋。

不过，真的是这样吗？

将军经过胡同拐角的时候，一家点心店映入眼帘，这还是他第一次见。店的招牌上写着“将军点心店”几个大字。

“咦，跟我同名？”

将军很喜欢吃点心，尤其是年糕。即使他正哇哇大哭，看到点心他就不哭了。如果听到有人喊“点心”，将军甚至会从沉睡中坐起来。

可是口袋里怎么一分钱都没有？将军抱着侥幸心理，把口袋掏出来翻了个遍，可惜还是一个子儿都没找到。

“唉，饿死了……”

将军抬头看了看点心店的大招牌，咂了一下嘴，径直走了过去。将军往家的方向走了好一会儿，突然觉得哪里不对劲。他看了看四周，咦，这不是刚刚来的路嘛。绕过胡同拐弯处，“将军点心店”几个大字格外醒目。

“奇怪，怎么又绕回来了？”

将军看了看回家的路，确认无误后，经过将军点心店，继续往前走。他走了好一会儿，可是怎么又看到那条熟悉的小路了？将军抱着侥幸心理，再次走过胡同拐角。

“天哪！”

将军不禁大叫一声。将军点心店赫然立在将军

将军点心店

面前。真是见鬼了！点心店好像是欢迎将军到来似的，门啪的一声打开了。将军犹豫了一会儿，小心地走进了点心店。店里不见人影。

“一个人都没有，真是一家奇怪的点心店……”

将军环顾四周，非常失望。本应装满点心的篮子一个个都空着。

“唉，烦死了。一个点心都没有。”

将军嘟囔着，正想离开，突然，不知从哪里传来一股点心的香甜味。

“奇怪，哪儿来的点心味？”

将军再次扫了一眼四周，仔细一看，原来一个小篮子里装着一块点心。

“哼，肯定是因为不好吃才没卖出去。”

将军正想往外走，结果肚子里传来咕噜噜的叫声。与此同时，他的脚不自觉地向装着点心的篮子走去。他在小篮子前停下脚步。咦，篮子上贴着一张奇怪的纸条。

让人心情变好的幸福糕

“瞎扯。世上哪里有吃了能让人心情变好的幸福糕，明摆着胡说八道。”

将军一副不屑一顾的表情。他看到纸条旁边的价格标签，突然心生好奇。那是一张奇怪的价格标签。

售价：1 个幸福的微笑

“支付 1 个幸福的微笑，就可以免费得到幸福糕？”

让人心情变好的幸福糕
售价：1个幸福的微笑

将军仔细回想自己什么时候笑过。可是不管怎么想，他都记不起来什么时候幸福地微笑过。因为学习不好，自己每天要忍受爸爸的责怪。妈妈只疼爱弟弟元帅，导致元帅有恃无恐。元帅天天监视着将军，只要将军稍有闪失，元帅就向爸爸妈妈告状。哪有什么开心的事能让将军幸福地微笑呢？

将军动不动就生气，时常拳头比脑子反应快。班上的同学戏称他为“暴躁将军”“拳头将军”，就是因为将军总发脾气。现在他又有了一个新外号——大便将军。将军越想越生气。

“好吧，我就勉强一下，想着自己很幸福不就行了。”

将军像是念咒语一样，连说三遍“我很幸福”

让人心情
变好的
幸福糕
售价：1个幸福的微笑

后摆出一副开心的样子。他哈哈哈地大声笑起来，似乎要把嘴角挂到耳朵上一样。

“这下总可以了吧。”

将军敏捷地拿起幸福糕。可是原本在篮子里好端端的幸福糕，一拿出来就跟空气似的消失不见了。

“唉，我就知道，就算天上掉点心，又怎么可能掉到我嘴里呢。”

将军垂头丧气，准备离开点心店。突然，将军的脑海里闪现出一件曾经让他觉得很幸福的事情。

一次，学校布置了一项作业，要问爸爸妈妈什么时候最幸福。当时，爸爸妈妈异口同声、毫不犹豫地回答：“将军出生的时候，我们最幸福！”其实，将军还以为爸爸妈妈会说是元帅出生的时候呢。将军一想起这件事，脸上就会洋溢着幸福的微笑。

将军抱着试试看的想法，小心翼翼地拿起幸福糕，这次幸福糕没有消失！将军支付了幸福的微笑，大口吃起幸福糕来。一口咬下去，嘴里溢满杜鹃花的香味，冲得鼻尖痒痒的。那一刻，似乎整个世界都被杜鹃花包裹了一样。

现在，将军的嘴边一直挂着微笑。看来幸福糕真的有让人心情变好的魔力！

将军到学校后，一进教室，不知是谁喊了一声：

“大便将军驾到，快给将军让路！”

“什么？竟然叫我大便将军！”

要是在平时，将军早就火冒三丈了。但奇怪的是，这次他并没有生气，反而笑呵呵的，看着心情很好的样子。

“这个外号听起来不错。大便能当肥料，也是很有用的嘛。谢谢你们叫我大便将军。”

将军笑呵呵地走到自己的座位。

“大便将军刚刚说什么?！”

“啊？谢谢我们叫他大便将军?！”

嘲弄将军的同学都怀疑自己的耳朵是不是听错了，大家你看看我，我看看你。

放学回家的路上，经过胡同拐角时，将军又看

到一坨鸟屎从天而降，落到自己跟前。奇怪的是，将军并没有生气，反而笑呵呵地说：

“看来你也知道我是大便将军哪。”

踩了狗屎后——

“哎呀，这么好的狗屎，可惜被我踩了。”

将军一边说着，一边用树叶小心翼翼地包起狗屎，将它们埋在黄色的蒲公英花下。做完这一切，将军高兴地哼起歌来。

“我回来了。”

元帅像是等着将军回家似的，一看到将军，就瞪着眼睛一直跟着他。这是元帅在找将军的错处，好向爸爸妈妈告状。换作平时，将军早就揍他了。不过奇怪的是，这次将军并不讨厌元帅，反而心情很好，觉得他很可爱。

“哎呀，弟弟！你圆圆的脸蛋儿今天看着格外可爱。”

将军笑呵呵地揪了揪元帅的腮帮子。

“嗯，你说什么？怎么这么不正常？”

元帅的眼睛直直地盯着将军，突然他后跳一步，连忙捂住鼻子。

“哼，这是什么气味？哪儿来的狗屎臭味？”

“还能是哪儿，你老哥带回来的呗。我回来的路

上踩狗屎了。”

“啊，脏死了。我要告诉妈妈你踩了狗屎。”

“别慌，我把狗屎埋花底下了。”

“你为什么把狗屎埋在花底下？”

元帅的双眼瞪得像松果一样大。

“狗屎是沃肥，上给蒲公英，蒲公英才能开出更漂亮的花呀，就像我们家元帅一样茁壮成长。”

将军举着两只手，正想捧元帅的脸，结果元帅吓得后退了一步。

“啊，那你刚刚用摸过狗屎的手摸我的脸了？”

直到这会儿，将军才想起来还没洗手。

“啊，对不起！”

将军刚说完，元帅的脸立刻变得苍白。

“天哪！老妈，哥哥用摸了狗屎的手掐我的脸！”

元帅一边尖叫，一边向妈妈跑去。

晚上吃饭的时候，元帅一脸不满地盯着将军。只要是将军动过筷子的盘子，元帅一口都不吃。

“元帅，你不是喜欢吃烤肉吗？今晚怎么

不吃？”

妈妈满脸担忧地问道。

“刚刚哥哥夹菜的那只手摸过狗屎！”

元帅用生气的口吻回答道。

“哥哥摸了狗屎？！这是什么意思？”

妈妈吃惊地问。

“真的！哥哥自己说摸过狗屎的。”

“哥哥跟你闹着玩呢，这你也信？”

“不是，我都闻见狗屎的臭味了。”

元帅仍旧不依不饶。爸爸听不下去了，大声呵斥道：

“现在正吃饭呢，什么屎不屎的！”

元帅受了惊吓，哇的一声大哭起来。

“吃饭就吃饭，哭什么哭！你也真是的，孩子不是在吃饭嘛，干吗吼他。”

终于，妈妈也忍不住发起火来。元帅哭声越大，爸爸妈妈吵得越凶。不过将军吃烤肉吃得正香，而且今天的烤肉格外好吃！

第二天一大早，将军就醒了。灿烂的阳光透过窗子照进来，整个世界都沉浸在一片金色之中。将军心情不错。

“哇，多么美好的一天。”

将军哼着歌走进洗手间，爽快地上了厕所。他悠闲地吃了早饭，然后出门了。

将军走到胡同拐角，又看到了将军点心店。今天点心店的门也开着，像是在等着将军到来似的。

将军毫不犹豫地大步迈进点心店。

今天货架上的点心篮子里也是空空如也，当然，除了店里不起眼的角落里放着的一个最小的篮子。

“哇，今天也很幸运！还剩一个点心。”

将军很好奇今天是什么点心。

他满怀欣喜地走到篮子前。

有效提升注意力的红豆糕

“有效提升注意力的红豆糕？”

将军圆睁着双眼，他一直因为脑子不好使而备感苦恼。不管将军怎么努力学习，他就是考不好。每次考试，他的大脑里都是一片空白，什么知识都想不起来。他的脑海里总浮现出爸爸生气的脸，每当这时将军就会心跳加速，也会肚子疼。所以每次考试都考砸了。将军特别想吃提高注意力的红豆糕，于是赶紧看了一下价格标签。

售价：3 个幸福的微笑

将军心情大好，因为今天很容易就能买到点心。他把狗屎埋到蒲公英花下，希望蒲公英花开得更好，那时他很幸福。昨晚尽情地吃了烤肉，他很幸福。今天早上看到世界一片灿烂，他也觉得很幸福。将军每次觉得幸福的时候，都会开心地大笑。

支付 3 个幸福的微笑后，将军开始吃红豆糕了。他咬了一口，瞬间头脑清醒了很多，努力学习过的数学公式一一闪现在脑海里。要知道，今天要考数学，将军可是努力学习过的。红豆糕真是太神奇了！将军恨不得立刻考试，他急忙向学校跑去。

“拳头将军驾到，快给将军让路！”

将军一进教室，不知道谁喊了起来。

“凭什么叫我拳头将军？”

要在以前，将军的拳头早就挥出去了。但是这次将军静静地走到自己的座位，开始认真地做数学题。

“将军又在努力学习呀。”

“使劲学习有什么用？今天还不是照样考

零分。”

同学们叽叽喳喳地说着。

“好了，大家把书都收起来吧。”

终于开始考试了。将军一拿到数学试卷，数字就又乱七八糟地混在一起了。他心跳加速，大脑里又是一片空白，脑海里又浮现出爸爸生气的脸。为了消除这些消极的想法，将军晃了晃头。

“今天吃了神奇的注意力红豆糕，考试肯定没问题的。”

一想起红豆糕，不可思议的事情发生了。将军那些乱七八糟的想法全都消失了，头脑瞬间清醒过来。这会儿，数字看起来才“恢复原样”。

按平时所学的，将军认真地解题。

“好了，考试结束。大家把试卷交上来。”老师说。

“老师，我还没做完。”

“老师，再给我几分钟。”

一些同学焦急地说，而将军面露微笑。之前的努力全部反映在考卷上，从第一题一直到第十题，将军毫无遗漏地把答案都写出来了。

又是新的一天，一大早，将军就出门了。他很好奇今天会吃到什么样的点心，于是他快步向将军点心店走去。今天也只有一个点心，放在小篮子里。点心做成了龙形。将军看了一眼篮子上贴的纸条，惊讶得合不上嘴。

激发勇气的龙糕

其实将军挺胆小的，害怕一个人睡觉，还害怕小虫子。竟然有激发勇气的龙糕……光看名字就很酷！将军迅速看了下龙糕的价格。

售价：20 个幸福的微笑

这一次，将军也毫不费力地想起幸福的记忆。昨天考数学的时候，题目比预想的简单。将军的考试很顺利，他幸福地笑了……

支付了20个幸福的微笑后，将军吃到了龙糕。龙糕做得栩栩如生，他还真有些不忍心吃。他咬了一口龙糕，全身涌现出力量，双眼像龙一样炯炯有神。吃完后，他快步跑向学校。

将军一进教室，就听到一声大叫。

“啊！蜜蜂！”同学们尖叫起来。场面混乱不堪。原来是一只蜜蜂钻进了教室，同学们吓得大呼小叫，一个个四散而逃。同学们的尖叫声越大，蜜蜂越受到惊吓，像疯了似的在教室里乱飞。

将军也很害怕蜜蜂，感觉蜜蜂要来蜇自己一样。但是将军想起自己刚刚吃了龙糕，瞬间打起精神，有了勇气。

“我都吃龙糕了，怎么会害怕蜜蜂……”

将军的眼睛透出一股劲儿，眼神瞬间变得坚毅

起来。

“大家安静点儿！”将军大声喊道。紧接着同学们立刻安静下来。

“把所有的窗户打开，好让蜜蜂飞出去。”

同学们按将军的指示打开窗户。将军拿起扫把，慢慢地把蜜蜂赶到窗边。蜜蜂一到窗边，就从窗户飞出去了。

“哇，将军太勇敢了！”

“将军真的太帅了！”

同学们鼓掌欢呼起来。

“谢谢，谢谢！大家过奖了。”

将军耸了耸肩。

那天的体育课是练习跳鞍马。将军非常害怕跳鞍马。即使助跑像风一样强劲有力也无济于事，因

为他一到鞍马前，腿就泄劲，一屁股瘫坐在地上。

将军一次都没有成功过。

“将军，今天能跳过去吧？”轮到将军时，老师问道。

其实将军并没有信心。但是他一想到自己吃了龙糕，就有了勇气克服困难。

“是呀，我吃了龙糕，刚刚还把蜜蜂赶出了教室，跳鞍马还不是小菜一碟……”

将军的眼睛透出一股劲儿，眼神瞬间变得坚毅起来。

将军用力一跺脚，冲向鞍马，就像一条冲向天空的龙。

“我一定能跳过去！”将军心里默念道。

只见他双手用力撑住鞍马，敏捷地向两侧展开

双腿，使劲往前挺胸。刹那间，气流像一阵清风一样吹拂而来，将军的身体轻盈地飘在空中。将军趁势打开双臂，利落地“飞”过去后安全落地了。

“将军，跳得真棒！”老师拍着将军的后背说。

“老师过奖了。”

将军又得意扬扬地耸了耸肩。

午餐时间，将军竟然巧合地跟万福坐同一桌。将军想起痛打万福的事，他真心想给万福道歉，但一直没做到。因为向别人承认错误并道歉需要很大的勇气。

“我向万福道歉，如果他不接受的话该怎么办……”

将军突然害怕了。

“别怕，我可是吃了龙糕的。我赶走了蜜蜂，还跳过了鞍马，为这件事犹豫可不算男子汉。”

将军再一次鼓足勇气。

“万福，上次是我不对，我真心向你道歉。”

将军一脸真诚地说。他的眼神又变得坚毅起来。

“没关系！我知道你的诚意了，快别一脸严肃了。

看你这么一本正经的，真有点儿吓人。”

见万福笑着回答，将军放松下来，不由自主地挠了挠头。

“谢谢你接受我的道歉！”

将军和万福握手和解后，都哈哈大笑起来。这可是比以往都幸福的笑声。

放学后，将军刚跑回家，就发现元帅在一边大哭。

“元帅，你怎么哭了？”将军吃惊地问。

“我被妈妈赶出来了。我昨晚睡觉尿床了，妈妈让我以后在自己的房间睡觉。”

元帅害怕一个人睡觉，所以一直跟爸爸妈妈一起睡。这让将军羡慕不已。或许是这个原因，让将军更加讨厌元帅。

“哥哥不害怕一个人睡觉吗？”元帅哽咽着问道。

其实将军也不知该怎么回答。实际上，将军经常因为害怕风声而瑟瑟发抖，担心壁橱里或床底钻出怪物而吓得睡不着。可是直接这么说会让自己很没面子。

“这有什么可害怕的。”

“哥哥，你真厉害！我不敢一个人睡，真是太害怕了。”

元帅用崇拜的眼神抬头望着将军，脸上滑落豆大的泪珠。

“你这么害怕，要不从今天开始跟我一起睡？”

“真的吗？你不是一直很讨厌我吗？”

元帅边用手背擦着眼泪边问。

将军想起元帅刚出生的时候，那会儿他还是

连眼睛都没睁开、只会吸手指的小婴儿。虽然他现在长得“丑”了些，但将军忘不了那时弟弟有多可爱。

“将军，他可是你弟弟，快去抱抱他。”

那时将军温柔地抱起在妈妈的床上“画地图”的元帅，作为哥哥的责任感油然而生。

因为一直觉得爸爸妈妈偏爱弟弟，将军一度很嫉妒元帅，但事实上他并没有真的讨厌过弟弟。

“怎么可能讨厌你？从你出生的时候起，我就有了弟弟，高兴还来不及呢。”

“真的吗？”

元帅欣喜若狂。

“当然是真的！”

“我也喜欢你，哥哥！当然，除了你欺负我的时候。”

上一秒还大哭的元帅这会儿咧嘴大笑起来，高兴得手舞足蹈。

轰隆隆、轰隆隆……

那天夜里，电闪雷鸣，疾风暴雨。窗户发出哐当哐当的声响，元帅吓得蜷缩在被子里。

“哥哥，我害怕。你不害怕吗？”

元帅哆哆嗦嗦地问道。其实将军也很害怕。但是每当电闪雷鸣的时候，将军就默念“咒语”：

“我吃了激发勇气的龙糕，赶走了蜜蜂，跳过了鞍马，还向万福道了歉，怎么会害怕打雷闪电？”

“我一点儿都不害怕！”

将军的眼睛透出一股劲儿，眼神又变得坚毅起来。

“哥哥，你真勇敢！”

元帅一脸崇拜地看着将军。

“打雷、闪电，这有什么好怕的！”

将军又得意地耸了耸肩。

“我给你讲个好玩儿的故事吧。”

“好玩儿的故事？”

“是呀。你知道今天为什么电闪雷鸣，还下暴雨吗？”

“为什么？”

元帅从被窝里探出头来。

“因为呀，天神前一阵子便秘了。便秘可不好受，所以他今天尽情地放屁，还招来了暴风雨。”

“哇，看来天神的便秘很严重。今天放了这么多屁，应该很舒服吧？”

“当然，爽极啦！”

紧接着，传来阵阵雷声。

轰隆隆，轰隆隆，噗噗！

“天哪，天神放屁的声音真响啊。”

将军和元帅哈哈大笑起来。那天夜里他们俩抱在一起入睡了。

清晨，将军早早就出门了。可能因为昨晚睡得很好，将军心情不错。他情不自禁地哼起歌来，向将军点心店跑去。小篮子里放着一个让人垂涎欲滴的豆糕。

让人兴奋激动的豆糕

售价：35 个幸福的微笑

将军想起自己昨天勇敢地驱赶了蜜蜂，顺利地跳过了鞍马，鼓起勇气给万福道了歉，还尽兄长之责给元帅讲了有趣的故事。在同学和老师称赞自己的时候，将军觉得自己很幸福。在万福和元帅开心地大笑的时候，将军也露出幸福的微笑。这样看来，每次看到别人开心的时候，将军似乎都收获了更大的幸福。

将军很轻松地付了“钱”，吃起美味的豆糕来。一口下去，他听到心脏扑通扑通跳动的声音。

他预感即将有好事发生，于是拔腿往学校跑去。

刚进教室，就听到有人喊：

“将军驾到，快给将军让路！”

将军刚坐下，同学们就纷纷过来。

“喂，将军，放学后跟我们一起玩吧。”

“跟我们比赛抽陀螺，再踢场球怎么样？”

将军听完，非常兴奋。这可都是将军喜欢的运动。但是以前同学们并不喜欢带着将军一起玩。将军不太会抽陀螺，曾差点儿让同学受伤。跟朋友一起踢球，将军所在的球队总是必输无疑。所以将军听到同学喊他一起玩后，激动得心怦怦直跳。可烦恼来了，偏偏他今天放学后要去数学补习班。

“等我问下我妈，一会儿再告诉你们。”

将军快速来到楼道，给妈妈打电话。

“我现在正忙着呢，有事就给爸爸打电话吧。”妈妈说完就挂了电话。

将军犯愁该怎么办。他平时最害怕爸爸，但是将军想起自己吃了龙糕，于是鼓足勇气给爸爸打电话。

“爸爸，我有事找您。”

“我说过在我上班的时候，不要给我打电话吧？”

爸爸一接通电话，火气就很大。

“今天真的是有重要的事求您。”将军小心翼翼地说。

“重要的事？”爸爸提高嗓门问。

“对，是件大事。刚刚同学喊我放学后一起玩，这可是上学以来的第一次！但是放学后我得去数学补习班。今天我可以不去补习班，跟同学玩吗？”

将军一说完，电话那头就传来声音。

“这还用说！”

爸爸突然大吼了一句。

将军吓得一哆嗦，没想到爸爸接着说：

“当然可以！小孩子嘛，跟朋友一起玩可比学习更重要。今天不用去补习班了，跟朋友们好好玩吧！”

将军简直不敢相信自己的耳朵。

“真的吗？”

“当然啦。以前爸爸总是催你学习，还对你发脾气，爸爸向你道歉。”

听完爸爸的话，将军的眼眶湿润了。

“爸爸，真的谢谢您！”

将军开心地挂了电话。但是电话那头，爸爸拿着电话，眨了眨眼睛，怔住了。刚刚自己似乎被什么迷住了一样，感觉有点儿怪怪的。

“刚刚我都说了什么?！”

可是这会儿再反悔也来不及了，而且仔细一想似乎也没说错什么。

“倒也是，还是和朋友玩更有趣。小时候，我可是出了名的会玩……”

其实爸爸上学的时候，那是有名的淘气包。爸爸四处打量了一下，干咳了两声，偷偷地笑了。

一放学，将军就回家带上陀螺，然后跑到跟同学约好的场地，和同学比赛抽陀螺。如果换作以前，将军抽的陀螺要么出乎意料地跑到别的地方，要么撞上其他的陀螺，一会儿就转不动了。但是这次不一样！只要将军扬起抽绳，陀螺就像安了永动机一样，一圈一圈地停不下来。而别的陀螺早都转不动倒下了。

“将军今天表现不凡哪！”

“哇，真是陀螺将军！”

朋友们纷纷投去羡慕的目光。将军大为振奋，更加努力地抽着陀螺。

好事可不光这一件。比赛完抽陀螺后，将军又和朋友们踢了足球。只要将军一踢足球，足球就像燕子一样飞快地投进网中。

“将军威武！”

“将军最厉害！”

朋友们接连发出赞叹。将军激动万分，在足球场上神采奕奕，更加努力地踢球。因为将军优秀的表现，他们队赢得了比赛。

现在已经没有人喊将军“大便将军”“拳头将军”“暴躁将军”这样的外号了，取而代之的是“福星将军”“陀螺将军”“运动大将军”。

那天回家的路上，路过点心店的时候，将军径直走了过去。他希望点心店里剩下的点心能给其他需要的人带去福气。

许愿点心店

一个人们都进入梦乡的深夜，在黑漆漆的胡同拐角，点心店的灯亮了。一只小老鼠慢悠悠地来到点心店门前。小老鼠是家里的老幺，所以名字叫“小不点儿”。它有个特点，那就是门牙特别小。小不点儿抬头看着点心店的招牌，只见招牌上写着“许愿点心店”几个大字。

“真的是能实现愿望的点心店吗？”

小不点儿歪着脑袋，看到点心店门前立着一个木架子。

招募许愿糕送货员

工作职责：将许愿糕快速准确地配送给有需要的孩子

劳动报酬：满足你变成人的愿望

“可以把我变成人？”

小不点儿的眼睛瞪得大大的，它毫不犹豫地跑进了点心店里……

（想知道小不点儿的故事吗？请阅读《解忧点心店：能实现愿望的许愿糕》。）

涂色画

请用彩铅给下面的图画涂上颜色，可以自由发挥哟！

涂 色 画

请用彩铅给下面的图画涂上颜色，可以自由发挥哟！

解忧点心店

能实现愿望的许愿糕

[韩]金梩里 著 [韩]李承炫 绘 海棠 译

中信出版集团 | 北京

图书在版编目（CIP）数据

解忧点心店．能实现愿望的许愿糕 /（韩）金梩里著；（韩）李承炫绘；海棠译．—北京：中信出版社，2022.6（2022.7 重印）
ISBN 978-7-5217-4121-6

Ⅰ．①解… Ⅱ．①金… ②李… ③海… Ⅲ．①儿童故事—图画故事—韩国—现代 Ⅳ．① I312.685

中国版本图书馆 CIP 数据核字（2022）第 040682 号

解忧点心店：能实现愿望的许愿糕

著　　者：［韩］金梩里
绘　　者：［韩］李承炫
译　　者：海棠
出版发行：中信出版集团股份有限公司
（北京市朝阳区惠新东街甲 4 号富盛大厦 2 座　邮编　100029）
承 印 者：北京中科印刷有限公司

开　　本：880mm × 1230mm　1/32　　印　　张：7.5　　字　　数：100 千字
版　　次：2022 年 6 月第 1 版　　印　　次：2022 年 7 月第 2 次印刷
京权图字：01–2021–7300
书　　号：ISBN 978–7–5217–4121–6
定　　价：62.00 元（全 3 册）

后来，只要看到孤单的小孩，
小不点儿就会赶过去，
成为他的伙伴。

解忧点心店

一个人们都在沉睡的深夜，一只小老鼠在点心店门前转来转去。

小老鼠在九个兄弟中排行老九，所以叫小不点儿。它长得小小的，很不起眼。它的毛没有光泽，门牙也很小。都说门牙会跟着年龄一起长，可是小不点儿的门牙在童年便停止发育了。只要小不点儿一出现，别的老鼠都躲得远远的。因为跟门牙长不大的小不点儿一起搭伙，可只有挨饿的份儿。

“我的门牙怎么长得这么小？”

小不点儿整天以泪洗面。门牙不再生长的小不点儿觉得自己一无是处。一天，小不点儿擦干眼泪，下决心道：

“好吧。反正我不能像一只正常的老鼠一样活着，那就让我变成人吧！”

似乎变成人后，这一切问题都会迎刃而解，门

牙小又有什么关系。而且变成人后，也能尽情地做自己想做的事。小不点儿曾听说自己的一位祖先吃人的指甲变成了人，所以它每天翻垃圾桶找人的指甲吃。它一边用小小的门牙咔哧咔哧地啃指甲，一边许愿希望自己能变成人。但是它吃的指甲太多，结果总闹肚子。

每天深夜，三神奶奶[1]都能看到小不点儿虔诚地祈祷。

“老鼠想变成人？这小老鼠可真不简单哪。”

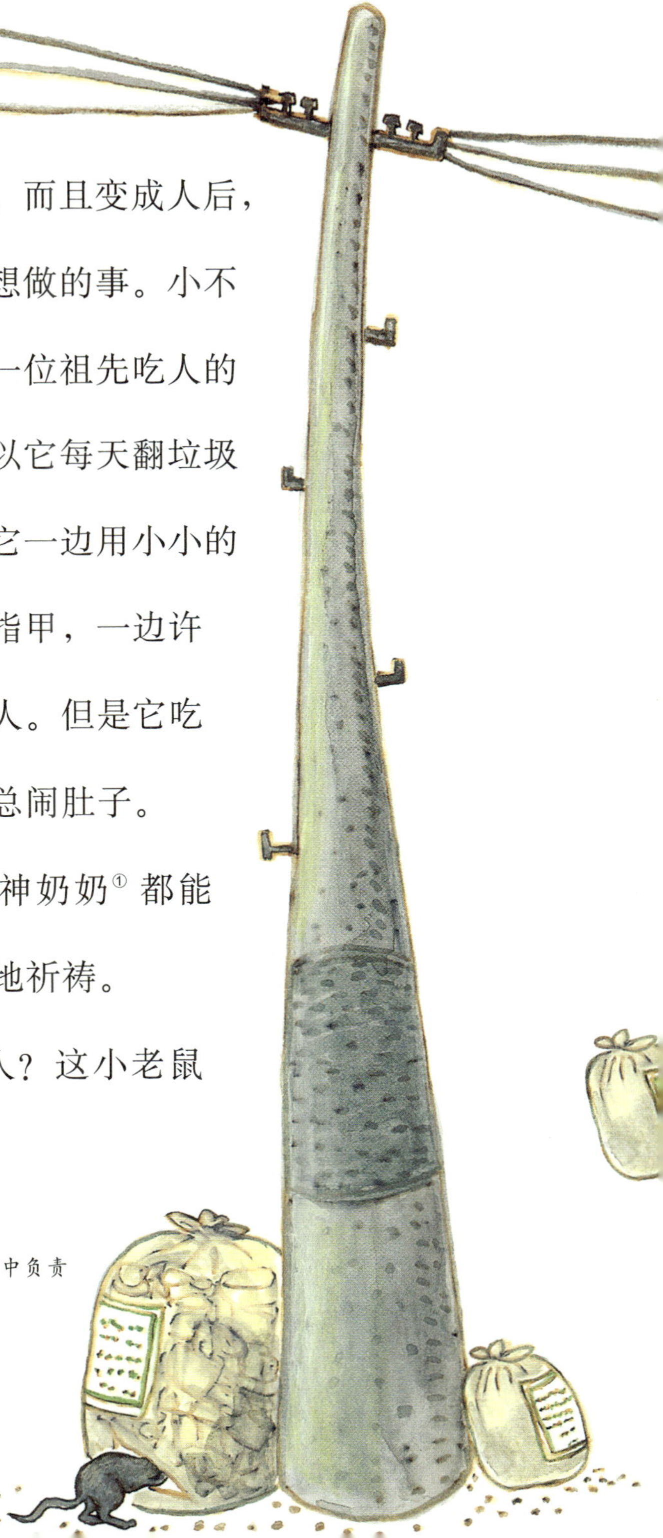

① 三神奶奶是韩国民间信仰中负责保护小孩的神。

三神奶奶不知该怎么办，为此苦恼不已。其实仅仅为了满足孩子们的愿望，三神奶奶就忙得晕头转向了。三神奶奶为了孩子们，开了一家解忧点心店，但经营点心店可不是件容易事。

向三神奶奶许愿的孩子太多了，而三神奶奶一时间无法经营多家点心店。孩子们的愿望都顾不过来，哪儿还有余力满足小老鼠的愿望，况且还是老鼠变成人的愿望。一番深思熟虑后，三神奶奶突然想到一个好主意。

“对呀，把许愿糕直接配送给有需要的孩子不就行了。许愿糕送货员最讲究速度和准确性了。”

三神奶奶的嘴角泛起微笑。

那天夜里，小不点儿像往常一样在街上窜来窜去地找指甲吃。突然它发现胡同拐角有一家奇怪的点心店。店的招牌上用大字写着“许愿点心店”。小不点儿为了变成人，一直躲在学校的下水口努力学习，所以看书识字难不倒它。

“真的是能实现愿望的点心店吗？”

小不点儿歪着脑袋困惑不已，它看到点心店门前立着一个木架子。

许愿点心店
招募许愿糕
送货员
工作职责：
将许愿糕快速准确地配送给有需要的孩子
劳动报酬：
满足你变成人的愿望

招募许愿糕送货员

工作职责：将许愿糕快速准确地配送给有需要的孩子

劳动报酬：满足你变成人的愿望

小不点儿的小眼睛瞬间发光。

“可以把我变成人？”

小不点儿心跳加速，毫不犹豫地跑进了点心店里。一个小篮子里有一块很小的年糕。篮子外面贴着纸条，上面写着“让人浑身充满力气的艾草蒸糕”。

“这是要配送给谁的呢？”

纸条上只写着年糕的名称，但没有写收件人和地址。

小不点儿仔细思考着谁需要艾草蒸糕。它翻过这一片的垃圾桶，尝过这里所有孩子的指甲。大人的指甲太硬咬不动，但是小孩子们的指甲很软，吃起来容易多了。而且孩子们指甲的味道各不相同。万福开口就说脏话，他的指甲越嚼越辣。将军没有福气，他的指甲发涩。恩智的指甲不结实，很没有嚼头，还很容易碎，这也意味着是不健康的指甲。

“一点儿营养都没有。”

小不点儿想起自己边吃恩智的指甲边自言自语的场景。

“就是她！”

小不点儿恍然大悟，突然明白谁需要艾草蒸糕了。

它用嘴叼起盛放年糕的小篮子，嗖嗖地向恩智家跑去。恩智家在一栋老宅子的二楼。小不点儿抬头仰望破旧的建筑物。

“哎，怎么上去呢？”

正在这时，墙体外面的燃气管道映入它的眼帘。

“噢！顺着管道爬上去不就行了。”

小不点儿叼着年糕篮子，死死地抓住管道，小

千愿点心店

心翼翼地往上爬。可是管道被凌晨的露珠打湿了，又凉又滑。小不点儿每一步都走得心惊胆战。

爬到一半的时候，小不点儿左脚踩空，滑了一跤。它吓得差点儿尖叫起来。如果喊叫，叼在嘴里的年糕篮子就会掉下去。小不点儿迅速用右脚发力才找到平衡。它变得更加小心，最后终于爬到二楼。幸运的是恩智的房间窗户正开着。屋里温暖的气流像是欢迎小不点儿似的。直到这时，它才放松下来，舒了口气。

小不点儿环视房间，发现恩智正躺在床上，一边流着冷汗，一边大咳不止。它把年糕篮子小心翼翼地放到桌子上。

“让人浑身充满力气的艾草蒸糕，神速送货完毕！”

小不点儿偷偷地笑了笑，消失在窗外。

“这是什么？”

清晨，恩智有气无力地睁开眼，发现桌子上有个小篮子。

“让人浑身充满力气的艾草蒸糕？妈妈拿来的吧？”

恩智身体虚弱，她为此非常烦恼。

早产一个月出生的恩智从小体弱多病，住院是家常便饭。

她没少吃补药，但这也没起作用。这次感冒都一个多月了，她没少受折磨。恩智不抱任何期待，她默默地拿起艾草蒸糕，开始吃起来。一口咬下去，艾草的清香溢满齿间。神奇的是恩智感觉浑身好像充满了用不完的劲儿，甚至都不咳嗽了。

“啊，真是太神奇了！”

恩智像兔子一样蹦跶了几下，晃了晃身体，高兴得手舞足蹈。直到昨天，她还连干坐着的精神都没有呢，现在围着操场跑十圈也不嫌累。

“啊，饿死了。”

接着恩智跑到客厅。

“妈妈，我饿了。赶紧开饭。”

爸爸妈妈看到恩智活蹦乱跳地出现在自己面前，惊讶得说不出话来。因为昨天她病到连粥都喝不下去，只能干躺着。

“恩智呀，现在没事了吧？”

“嗯，妈妈。我好像全好了。”

那天早上，恩智一口气吃了两大碗饭。看着恩智大口扒饭的样子，爸爸妈妈简直不敢相信自己的眼睛。因为这是恩智生平第一次吃光两碗饭。

在一个月光格外皎洁的夜晚，小不点儿嗖嗖地跑向点心店。进门后，它看到小篮子里放着一块闪耀着月光般银色的糕点。篮子外面贴着一张纸条。

让人心情明快的月光糕

“让人心情明快的月光糕？”

小不点儿闭上眼睛，开始回想孩子们指甲的味道。

“这会是谁需要的呢？”

小不点儿想起苦味的指甲来了，那种苦味是因为心底隐藏了很多苦楚造成的。

“是东焕！他的指甲是苦的。”

小不点儿笑了笑，用嘴叼起小篮子，呼呼地往东焕家跑去。

东焕家在十楼。小不点儿仰头望着像山一样高

309-10

的住宅楼，长长地叹了一口气。

“唉，怎么才能爬上去呀？”

不论小不点儿怎么暗示自己，它都知道顺着燃气管道爬到十楼并不现实。上次爬燃气管道差点儿掉下去的惨痛经历，让它现在回想起来，都不自觉地全身发颤。正在这时，一辆装满货物的卡车停在了居民楼的入口旁。接着负责配送牛奶的叔叔下了车，从货箱里搬出一箱牛奶。叔叔搬着装满牛奶的箱子走到电梯跟前。小不点儿灵机一动，赶紧捡起掉在地上的广告页，用它罩住头，悄悄地跟在叔叔后面。趁着叔叔把牛奶箱搬到电梯里的空当，小不点儿哧溜一下跑进电梯，蜷缩在电梯一角。叔叔转头仔细打量着电梯里面。小不点儿藏身于广告页底下，把长长的尾巴盘起来，还屏住呼吸，一动也不敢动，生怕被叔叔发现。

幸运的是叔叔并没发现异常。

叔叔嘿哟一声，把牛奶箱放到小不点儿的旁边，然后按下各层按钮。叔叔趁着电梯在各层停留的时间，迅速地配送牛奶。电梯一到十层，叔叔就走出电梯，往各个牛奶投入口里放牛奶。藏身于广告页下面的小不点儿从电梯里探出头来，静静地注视着这一切。等到叔叔再次返回电梯的时候，小不点儿趁机溜了出来。

“啊！这是什么东西？”

叔叔吓得大喊起来。好在这时电梯门关上了。小不点儿松了一口气。

“哎呀，好险！看来回去的时候要走楼梯了。”

小不点儿嗖的一下子钻进东焕家的牛奶投入口。

它毫不费力地找到了东焕的房间，听到从半掩的门里传来东焕微弱的呼吸声。

“东焕的呼吸声这么不均匀，看来他心里还是愁云密布哇。”

东焕的眼角挂着泪痕。小不点儿轻手轻脚地走到东焕的床边，把盛着年糕的小篮子小心翼翼地放在地上。

“让人心情明快的月光糕，神速送货完毕！”

小不点儿蹑手蹑脚地后退了几步，然后迅速离

炸鸡

开了。

几天前，东焕养的蜥蜴死了。这只蜥蜴可是东焕缠着爸爸妈妈买来的。东焕给蜥蜴起名叫“哼哼”。本来蜥蜴是不发声的，但是哼哼高兴的时候，身体会发出哼哼、哼哼的声响。东焕给哼哼置办了能保持恒温的小窝，也从没忘记给哼哼喂食。哼哼小时候蠕动起来的确有些可怕，但东焕都能忍受。

他盼望着哼哼吃好睡好，快快长大。哼哼喜欢伸出长长的舌头舔水喝，还喜欢钻进喝水的碗里玩水。东焕轻轻地抚摸哼哼的后背时，哼哼会很享受似的眨着眼，肚子还发出哼哼的声响。哪怕分开一分钟，东焕也会想念哼哼。每天一放学，东焕就呼呼地跑回家看哼哼。

一天早上，东焕起床后发现哼哼一动也不动。不论东焕怎样抚摸哼哼的后背，哼哼都没有睁开眼。东焕天天哭，他不想上学，也咽不下饭，甚至每天晚上都哭着入睡。

东焕被窸窸窣窣的声音吵醒了。他想是不是哼哼又活过来了，于是打开灯，朝四周打量了一番，结果发现床前面放着一个小篮子，篮子里盛着一块散发着银光的糕点。东焕也没多想，拿起月光糕就往嘴里塞。吃完后，东焕又躺下了，沉沉地睡了过去。他做了一个梦，梦里他见到了哼哼。他把哼哼放到手掌上，轻轻地挠它的后背。哼哼眨巴着眼睛，发出哼哼的声音。这是在对东焕表示感谢。

东焕从梦中醒来，他立刻拿出蜡笔在白纸上画起来。他画的正是哼哼。梦里哼哼看着东焕，露出幸福的微笑。

“哼哼，在天国一定要幸福哟！”

东焕对着画里的哼哼说。然后他把画贴到书桌

前的墙上。画里的哼哼温柔地陪伴着东焕。现在，东焕不伤心了，心底的雾霾也烟消云散，取而代之的是轻松、愉悦的心情。

一个浓雾弥漫的夜晚。

“这么快就到上班时间了。”

小不点儿舒服地伸了个懒腰后向点心店跑去。一进门，就看到一个小篮子里放着一块扁平的圆形糖糕。篮子前面贴着纸条。

让时间倒流的糖糕

“让时间倒流的糖糕？”

小不点儿很好奇怎样才能让时间倒流。幸好纸条背面的小字写着让时间倒流的方法。

让时间倒流的方法：逆时针旋转糖糕，转到想回去的那一天，然后吃下糖糕。

小不点儿仔细思索着哪个孩子想时间倒流。

突然它想起那个奇丑无比的指甲——钟浩的指甲。钟浩做错事或焦急的时候，总喜欢咬指甲。

“没错，这次要给喜欢咬指甲的钟浩配送许愿糕！”

小不点儿嘴里叼着盛放糖糕的小篮子，嗖嗖地向钟浩家跑去。钟浩一家住在红砖青瓦的房子里，高高的外墙被藤蔓缠绕着。小不点儿刚前进一步，就惊醒了院子里沉睡的黑狗。黑狗开始汪汪汪狂叫，吓得小不点儿差点儿尿出来。

“这下怎么办才好？”

小不点儿不自觉地后退了一步，看来不得不放弃这次许愿糕配送了。

“老鼠崽儿竟敢围着我家转来转去偷东西吃！你要敢翻墙，今天就是你的忌日！”

黑狗在院子里咆哮着。小不点儿竟被冤枉成小偷，委屈极了。但不管怎么说，绝不能就此退缩！小不点儿把糖糕篮子放在一边，深深地吸了一口气。

“我不是来偷东西吃的，是来送许愿糕的。”

小不点儿鼓起勇气说道。

“哼，鬼才相信！”

墙内又传来黑狗的说话声。

“这家里有个叫钟浩的孩子吧？我送的许愿糕正是这个孩子急需的。钟浩最近是不是更容易发脾气？他一着急或者发火就喜欢咬指甲，最近这种情况是不是更厉害了？”

小不点儿拿出十分的勇气，冷静地说道。

“你怎么知道？”

黑狗吃惊地问道。的确，最近钟浩不怎么陪黑狗玩，而且指甲也咬得越来越频繁。

“我每天翻垃圾桶，哪个孩子的指甲没吃过？我一尝指甲的味道就知道这个孩子的心情。我最近在给孩子们送适合他们的许愿糕。千真万确！请你一定相信我！”

小不点儿恳切地说道。

“成，我就信你一回！但要是你敢撒谎，我可饶不了你！”

墙内再次传来黑狗的说话声，与刚才不同的是语气柔和了很多。

小不点儿顺着爬山虎的藤蔓翻过墙去。黑狗比它预想的更大更凶猛，但是眼神里满是善意。

“你从后面走的话，会看到一扇木门。木门下面有道缝，你从缝里钻进去就行了。”

幸好有黑狗主动给小不点儿指路，它得以顺利进门。小不点儿竖起耳朵，仔细分辨着屋里传来的呼吸声。突然传来一阵急促的喘息声，听起来像是正释放怒气。

“原来钟浩的房间在这儿！”

小不点儿一路小跑溜进钟浩的房间。它看到熟睡中的钟浩还皱着眉头，于是把糖糕篮子放到钟浩枕头旁的地上。

“让时间倒流的糖糕，神速送货完毕！”

小不点儿轻轻地走出房门。

凌晨，钟浩被尿憋醒了。上完洗手间后，他发现枕头边上有个小篮子。

“咦，这是什么？”

钟浩歪着脑袋，碰巧看到篮子上贴着的纸条。

让时间倒流的糖糕

“让时间倒流的糖糕？”

钟浩的眼睛瞪得像核桃一样大。纸条背面用小字写着让时间倒流的方法。可是字太小了，如果不仔细看，根本看不到，幸好钟浩没一口吞掉糖糕，

不然就麻烦了。

如果时间可以倒流，钟浩想要回到三天前，他绝不会再做那件愚蠢的事了。钟浩从篮子里拿出糖糕。

“请回到三天前！”

钟浩认真地许愿后，把糖糕逆时针转了三圈，接着吃起糖糕来。不一会儿，他的眼睛不由自主地闭上了。

“钟浩，赶紧起床啦！”

屋里传来妈妈温柔的喊声。钟浩一下子睁开眼睛。

“要迟到了，快起来准备上学。”

妈妈亲了亲钟浩的脸蛋儿，又挠了挠他的胳肢窝。钟浩定睛看了看笑成一朵花的妈妈，激动得都快哭出来了。

“妈妈，今天是星期几？”

“还能是星期几？星期一呀。”

“不是星期四？”

“奇怪，你今天早上怎么说胡话。是不是忘了写作业？”

妈妈问道。

“不，不是的。”

钟浩腾的一下子站起来，跑去洗手间。他用凉水冲了把脸，现在清醒多了。钟浩清楚地记得自己凌晨吃了能让时间倒流的糖糕。

“没错！时间倒流回了三天前，今天就是我想回去的‘那天’。”

三天前，钟浩深深地伤害了妈妈。那天以后，

妈妈再也没有亲钟浩的脸蛋儿，也没有胳肢钟浩。妈妈满脸悲伤，眼神总是躲避钟浩。而且妈妈像病了一样，整天躺在床上。

“我再也不会做那样的蠢事了！”

钟浩盯着镜中的自己，暗暗发誓。

“钟浩，都洗漱完了吗？快点儿出来，要迟到了。”

门外传来妈妈催促的声音。

“好啦，妈妈。这就出去了。”

说完，钟浩赶紧跑出洗手间。

钟浩吃完早饭后，和妈妈一起出门。妈妈面带微笑，紧紧地抓着钟浩的小手。好久没有这种感觉了，今天妈妈的手格外温暖。

“前面就是学校了。”

妈妈在通往学校的斑马线前停下脚步。

别的孩子会牵着妈妈的手，一直走到校门口才跟妈妈分开，只有钟浩总是走到斑马线就跟妈妈挥手作别。因为钟浩不想让同学们看到妈妈。在钟浩很小的时候，他一直觉得妈妈是世界上最漂亮的公主，甚至比童话里的公主还美丽。直到上幼儿园，他才发现自己的妈妈跟同学们的妈妈有许多不同之处。同学们的妈妈更年轻，更开朗，更有活力。而钟浩的妈妈生钟浩的时候，年龄已经很大了。所以妈妈的身体一直不怎么好，还经常生病。钟浩一直很介意妈妈年龄大这件事。

前几天，妈妈来教室给钟浩送上课的准备材料。因为来得很着急，妈妈头发蓬乱，衣着寒酸。妈妈拜托坐在后排的同学把钟浩喊出来。结果同学弄错了，走到钟浩跟前说："钟浩，你奶奶来了。"

那会儿，钟浩又羞愧又生气。这是他第一次因为妈妈年龄大而狼狈不堪。

三天前，发生了一件让钟浩耿耿于怀的事。那天像往常一样，钟浩跟妈妈在斑马线前分别，走到校门口时，不想碰到智贤了。智贤是钟浩的朋友，他们俩很要好。

"钟浩，刚刚送你的那位是谁？"

智贤问道。

"是你妈妈吗？"

智贤继续追问道。钟浩竟然脱口而出"不是"。话音刚落，他就后悔了。

"那是你奶奶喽？"

智贤再次问道。钟浩知道不应该欺骗智贤，他

很难过。虽然那一刻他很想说不，但是刚刚说出去的话已经收不回来了。钟浩只能无奈地点了点头。

那天放学后，钟浩和智贤一起往家走，在斑马线前恰巧碰到妈妈。妈妈挥着手走了过来。

“钟浩，你奶奶来了。”

智贤大声喊道。

“我不是他奶奶……”

妈妈惊慌地说。

“嗯？早上钟浩跟我说您是他奶奶来着……”

智贤没觉察出异常，仍旧自顾自地说道。

瞬间，钟浩的脸变得滚烫，他恨不得找个地缝钻进去。妈妈什么也没说，默默地在前面走着。钟浩耷拉着头跟在妈妈后面。看着妈妈失落的背影，钟浩无比后悔。这是钟浩第一次见妈妈这么伤心。

接下来的几天，钟浩一直生闷气，恨不得痛打自己一顿。

“钟浩，你在想什么？”

妈妈突然问道。直到这时，钟浩才回过神来。

“没……没什么。”

“钟浩，在学校好好听老师的话，跟同学好好相处，还要努力学习呀。”

妈妈像往常一样，轻声细语地又嘱咐了一遍。

“妈妈，不亲我一下吗？”

“你不是说被同学看到很丢人，不让我在学校前亲你吗？”

妈妈吃惊地问道。

“今天就亲我一下嘛。”

钟浩投去恳切的目光。

“你今天可有些反常哟。”

妈妈笑着亲了钟浩一口。看到变成绿灯后，钟浩就往斑马线对面走去了。这时正好智贤也走了过来。

“钟浩，刚刚送你的那位是谁？”

这次智贤问了同样的问题。

“是你妈妈吗？”

钟浩精神抖擞，深吸一口气后说道：“嗯，是的。是我妈妈！”

“果不其然。我下次见到你妈妈，要打招呼才是。”

智贤并没有觉得有什么不正常，拉钟浩继续往前走。钟浩像有什么心事似的，回头看了看。斑马线那头儿，妈妈浅浅地笑着，正朝钟浩摆手呢。钟浩一看到妈妈，眼泪竟流了出来。

“钟浩，你怎么哭了？”

智贤觉得很奇怪，歪着头问道。

“我妈妈太好了……”

钟浩回答道。

“废话，你现在才知道吗？不是说世上只有妈妈好嘛！”

智贤摇了摇钟浩的手，灿烂地笑了起来。钟浩用另一只手的手背擦了擦眼泪，也跟着愉快地笑起来。

一个月亮、星星玩起捉迷藏的夜晚。

小不点儿像往常一样，嗖嗖地往点心店跑去。可能是因为没有月光和星光，今晚的夜路显得格外凄凉。

一进到点心店，它就看到一个小篮子外面贴着一张纸条。

让人永远有伙伴的切糕

“让人永远有伙伴的切糕？”

让人永
远有伙伴
的切糕

小不点儿歪着脑袋，开始回想附近的孩子们指甲的味道。可是任凭它左思右想，还是不知道要配送给谁。聪明的小不点儿试着逆向思考。

“没有伙伴的孩子，他的心情是什么样的呢？”

想到这里，小不点儿扑簌簌地直掉眼泪。直到这时，它才意识到原来连个伴儿都没有的“人”正是自己。家人和朋友都讨厌小不点儿，所以它总是独来独往。它一个人玩，一个人睡，一个人散步。没有伙伴就像是今晚没有一点儿光照的夜路一般，总会让人觉得很孤单、寂寞。小不点儿醒悟过来。

“原来这块许愿糕是给我准备的。”

小不点儿从篮子里小心地拿出热乎乎的切糕，然后双手捧着切糕，一点点地啃起来。吃完切糕，它感到孤单和忧伤都消失了。切糕真的有让人幸福

的魔力。

学校礼堂旁边有一个储放运动器具的仓库。小不点儿来到这儿沉沉地睡了过去。夜色退去，阳光照进小窗户里。小不点儿睡了长长一觉，终于醒过来了。他一睁眼便吓了一跳。他看到了修长的、皮肤白皙的四肢。他拿双手在眼前晃了晃，这是一双小孩的手，细长且漂亮。小不点儿用双手摸了摸脸，粗糙的毛不见了踪影，取而代之的是一张小孩的脸，柔软且细腻。

“啊，我终于变成人了！”

小不点儿兴奋地在仓库里蹦来蹦去。他的愿望终于实现了！小不点儿找遍仓库，最后找到了一套运动服。衣服有些大，但穿上去看着还不错。小不点儿打开门，大步走了出去。金色的阳光照得人睁不开眼。

孩子们在操场上欢快地跑来跑去。他们一会儿聚在一起，一会儿又各自散开，吵吵嚷嚷地闹成一片。突然，小不点儿发现一个孩子孤单地站在树下，

他一眼便认出那是超然。小不点儿想起超然的指甲总带有一股酸溜溜的味道。只有内心忧伤、有很多不满时，指甲才会有这种味道。小不点儿不假思索，大步流星地向超然走去。

“哥哥，你们太过分了！”

这会儿超然的双胞胎哥哥们正在操场上玩球。超然嘟着嘴看着他俩，气呼呼地说。

“哥哥，我好无聊。跟我一起玩吧！”

不论超然怎么喊，双胞胎哥哥们都像没听到一样，置之不理。

“爸爸妈妈不是让你们跟我一起玩吗？今天也是你们俩玩，把我撂一边，看我晚上回去不告诉爸爸妈妈。”

见超然生气，哥哥们反倒嘿嘿地笑起来。

“我们不跟小屁孩一起玩。”

“就是，小屁孩跟小屁孩一起玩才是。”

哥哥们故意气超然，玩球玩得更起兴了。

豆大的眼泪从超然的眼里滑落。她总是受排挤。爸爸妈妈忙着工作，没时间陪她玩。两个哥哥总嘲笑她是小屁孩，从不带着她一起玩。不仅如此，他们俩还经常合伙欺负她。

哥哥们经常揪超然的辫子，还偷吃超然藏起来的饼干。超然一哭，他们就嘲笑超然是爱哭鬼。

有一次，超然跟着哥哥们去游乐场玩，结果跟丢了。那时哥哥们比赛跑步，跑得很快，不一会儿就甩开了超然。迷路的超然哭着在游乐场里转来转去，幸好碰到穿熊偶衣服的姐姐，如果没有姐姐的帮助，说不定超然早成了无家可归的孩子。至今，

超然一想起那件事仍会泪流不止。

“哥哥，你们俩是大笨蛋，又坏又臭，长得比怪物还丑。”

“没错，他们俩是大笨蛋，又坏又臭，长得比怪物还丑。”

不知是谁把超然说的话重复了一遍。超然流着眼泪，顺着声音传来的方向看了看，发现眼前站着一个陌生的孩子。这个孩子穿着肥大的运动服，笑嘻嘻地盯着超然。

“你是谁？”

超然问道。

“我是小不点儿，不，小点点。”

“你叫小点点？”

“嗯。我在家里排行老小，所以……”

“原来你也是老小哇。对了，你怎么一个人呢？”

超然问道，因为她觉得一个小孩子独自出来很奇怪。

“没人和我玩。”

小不点儿有气无力地说。

“你跟我一样。我哥哥们也不跟我玩，很让我恼火。”

“是，的确很令人生气。”

“他们是又坏又臭的哥哥。”

“对！他们是又坏又臭的哥哥！”

超然说什么，小不点儿就跟着说什么。小不点儿帮着自己骂哥哥，超然的心里爽快了很多。

“你好可爱呀，如果是我弟弟就好了。”

超然笑着说。

“我也喜欢你，你要是我姐姐就好了。”

小不点儿也笑着说。

“我们来吃饼干吧。这个雪饼上撒了豆粉，可好吃了。”

听完超然的话，小不点儿就馋得流口水了。他记得很久以前曾吃过掉在教室里的雪饼渣儿，非常美味。于是小不点儿连连点头。

超然从书包里拿出背着哥哥们藏好的饼干，跟小不点儿一起分享。正在这时，踢球的哥哥们跑过来了。

“这算什么？你怎么独吞饼干？”

大哥一说话，二哥也应和道：

“就是，你怎么吃独食？”

他话音刚落，超然就怒视着哥哥们，理直气壮地说：

“你们俩不是天天一起玩，不带我玩吗？这是我用自己的零用钱买的。而且我也没有吃独食，我跟这个小弟弟一起吃的！”

说完，超然又大口大口地吃起饼干来。看着超然吃得津津有味的样子，双胞胎哥哥们吞了吞口水，接着把目光转到小不点儿的身上。

“他是谁呀？”

大哥上下打量着小不点儿问道。

“对呀，他是谁？”

二哥也上下打量着小不点儿说。

“还能是谁？我弟弟！”

“胡说，你哪儿来的弟弟？”

“就是，你是家里最小的，哪儿还有弟弟？”

哥哥们一唱一和地质问道。

“什么不对？从今天开始，他就是我弟弟！”

“对！从今天开始，她就是我姐姐！”

小不点儿在一边给超然帮腔。

“不像话！”

大哥说。

“对，不像话！”

二哥给大哥帮腔。

“像不像话有什么关系。反正我现在只跟弟弟一起玩。”

“像不像话有什么关系。反正我现在只跟姐姐一起玩。”

小不点儿重复着超然的话。

“你们，让开点儿呗。”

超然说。

“对！让开点儿呗。”

小不点儿重复道。

两个哥哥都看呆了，乖乖地让了路。超然和小

不点儿手牵着手，一边嚼着香甜酥脆的雪饼，一边从两个哥哥中间穿了过去。哥哥们用手背擦了擦口水，看着这对小姐弟，投去羡慕的眼神。

“我们以前是不是做得太过分了？”

大哥说道。

“有那么一点儿。”

二哥回答道。

后来，只要看到孤单的小孩，小不点儿就会赶过去，成为他的伙伴。小不点儿是孩子们的朋友，带给他们鼓励，还在他们伤心的时候给予安慰。如果看到没有玩伴的孩子，小不点儿会陪他们一起

玩；看到独自行走的孩子，小不点儿会在他们身边默默地陪伴着。

天上的三神奶奶满意地看着这一切。

“现在终于可以好好休息下了。”

三神奶奶打了个长长的哈欠后，沉沉地睡了过去。这还是千年以来三神奶奶第一次睡得这么踏实。

那天夜里，解忧点心店的招牌不见了，灯也一直黑着。这可是点心店自从开业以来的第一次。

만능슈퍼
수미용실

作者的话

大家好！我是万福。我出生于2010年，今年已经12岁了，非常感谢大家给予《让人说话有趣的彩虹糕》的厚爱。

我收到了很多来信。有不少读者夸赞我改掉了不好好说话的习惯，还有一些读者希望看到《让人心情变好的幸福糕》的故事。幸亏《让人说话有趣的彩虹糕》帮我实现愿望，我从家人、朋友和小读者们那里收获了满满的爱。我期望给我带来幸福的点心店能让更多的孩子受惠，出于这样的目的，《让人心情变好的幸福糕》和《能实现愿望的许愿糕》得以和大家见面。我希望将军和小不点儿像我一样实现愿望，收获快乐。希望大家多多支持。

大家好！我是将军。非常感谢读者们一直想看我的故事。终于，我的故事得以出版，跟大家见面了。这都得益于大家的期待。万福天生很有福气，又被很多人疼爱，而我既没有福气，也没人疼爱，这让我很受伤。大家多次邀请作家金梩里写一写我的故事，但金梩里以懒惰和谨慎为由，迟迟没有动笔。其实她是因为大家的想象力更丰富，担心自己写不好会让大家失望。这让我很难过。为什么只满足万福的愿望，对我不闻不问呢？这太不公平了！虽然我的故事很晚才跟大家见面，但这已经很幸运了。在《让人心情变好的幸福糕》的故事里，我吃了神奇的糕点，收获了很多福气。

我终于实现了愿望，真是太幸运了！希望大家也喜欢我的故事。

大家好！我是许愿点心店的送货员小不点儿。谁规定过这世上只有人才可以拥有幸运？依我看，反倒是像我一样无助的动物们需要更多的好运气。我有一个愿望，那就是变成人。所以每天夜里，我都认真地向三神奶奶许愿。终于三神奶奶满足了我的愿望，并让作者写一写我的故事。最终《能实现愿望的许愿糕》得以跟大家见面，幸运的我成为这个故事的主角。故事中我替三神奶奶给孩子们配送许愿糕，最后得以实现愿望。

大家也有愿望吧？如果有，请认真地许愿。今晚，我会将许愿糕准时送到大家手中。在大家感到孤单疲累的时候，我会坚定地陪在大家的身边。

“解忧点心店”系列的出版离不开各位的支持和帮助。在此，衷心感谢朴智恩主编给予笔者勇气，感谢张恩惠主编仔细帮笔者审读文稿并提出诸多建设性的建议，感谢朴尚熙代表和飞龙沼的大家族给予笔者无条件的支持。感谢笔者的姐姐金梩拉帮笔者审读有诸多不足的初稿，感谢作家安民浩提出“龙糕”“月光糕”等许多有创意的点心名称。

2020 年 4 月一个落英缤纷的月夜

金梩里

涂色画

请用彩铅给下面的图画涂上颜色，可以自由发挥哟！

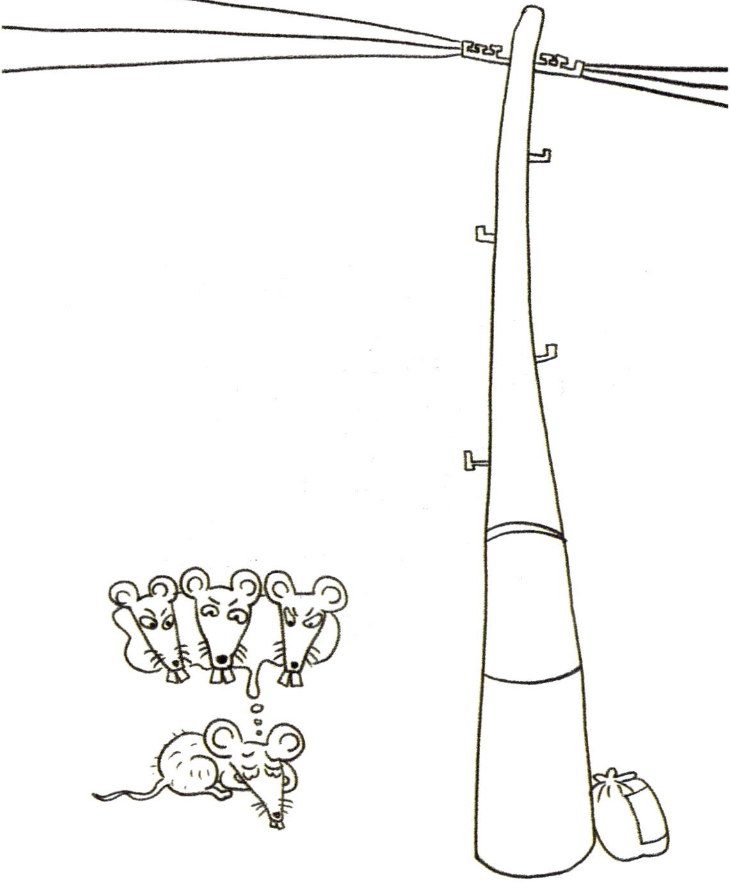

涂 色 画

请用彩铅给下面的图画涂上颜色，可以自由发挥哟！